ALEXANDRE VALLET DE BRUGNIÈRES

LE SOUPER

Galante Aventure Parisienne
en Vers

LIVRE QUE VIERGE NE DOIT LIRE

Prix 3 Francs

PARIS
CHAMUEL, Libraire-Éditeur
29 Rue de Trévise 29

1895

LE SOUPER

DU MÊME AUTEUR

Le Drapeau, Sonnets, Librairie J. Gagné et P. Boulinier 19, Boulevard Saint-Michel........................... 1 »

L'Étoile Filante, Poésies, Librairie J Gagné et P. Boulinier 19, Boulevard Saint-Michel........................... » 50

Premiers Pensers, Poésies (Librairie Seruzier, 36, rue de Penthièvre) 1 fort volume, papier teinté *(Epuisé)*....... 3 50

La Femme qui Rit, Monologue en vers, dit par Mme Thénard, de la Comédie-Française, 1 plaquette papier teinté, Barbré, 12, Boulevard Saint-Martin.......... » 50

Les Fredons, Poésies, Librairie H. Charles-Lavauzelle, 11, Place Saint-André-des-Arts, 1 fort volume papier teinté *(Epuisé)*.. 3 50

Pierre le Grand, Poème historique, Honoré d'une souscription de S. M. le Tsar et du Ministre de la Guerre, 1 forte brochure grand in-quarto raisin.................. 1 50

A Lisbonne, Poésie, Vendido am beneficio obra de Pao da cada dia, 14, largo do Pelourinho, Lisboa............ 3 »

Aux Femmes de Science, Poésie dite par M. Davrigny, de la Comédie-Française, Edition du *Monde Parisien* ..... 2 »

Aux Sauveteurs, Poésie dite par M. Davrigny, de la Comédie-Française, Edition du *Monde Parisien* .... 2 »

THÉATRE

Voltaire à la Bastille, 1 acte en prose, en collaboration avec Paul de Tournefort, représenté en 1889.

ALEXANDRE VALLET DE BRUGNIÈRES

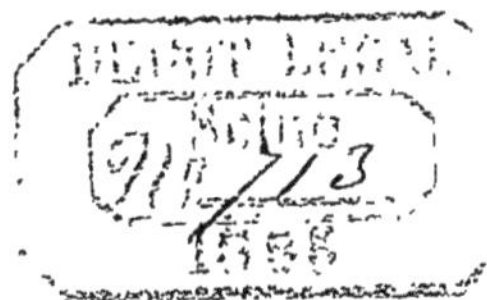

LE SOUPER

GALANTE AVENTURE PARISIENNE
EN VERS

LIVRE QUE VIERGE NE DOIT LIRE

Prix : 5 Francs

PARIS
CHAMUEL, LIBRAIRE-ÉDITEUR
29, Rue de Trévise, 29
—
1895

LE SOUPER

I

RENCONTRE

LE SOUPER

I

RENCONTRE

J'avais connu Clara pendant l'hiver dernier,
Un soir qu'elle quittait très tard son atelier :
Silencieusement je marchais derrière elle
Me disant : " elle est jeune, elle doit être belle ?
Et je me trouve libre et je serais heureux
De griser mes désirs d'un songe vaporeux ! -

Je ne voyais encor de la charmante fille
Que le dos recouvert d'une épaisse mantille;
Et sa taille était fine : elle avait ce cachet
Qui du premier coup d'œil nous attire et nous plaît ! -

Je la suivis ainsi, pas à pas, un quart d'heure
Et songeant qu'elle allait atteindre sa demeure
Qu'elle m'ignorerait... je redoublai le pas
Afin de contempler à loisir ses appas. -
Je l'atteignis enfin. -

Devant un reverbère
J'aperçus son profil : grands airs.., œil noir sévère,
Nez droit grec; bouche arquée aux lèvres de carmin
Et cheveux blonds cuivrés. - Dans sa petite main
Elle avait un bouquet de pâles violettes. -

Son contact me grisa de délices secrètes
Et lui prenant le bras... Et d'un parler très-doux :

» Mignonne ! vous avez tous les charmes pour vous !
» Et votre solitude est d'un heureux présage !
» Et vous avez vingt ans ! - Et... Mignonne, c'est l'âge

Où le cœur sait aimer ! - Et l'on prend un amant !...
Fier de vous posséder, jamais esclave aimant
O Maîtresse ! n'aura connu plus douce vie !...

» - Je ne vous connais pas ! -

» Moi, je vous ai suivie
» Et mon cœur tressaillait ! - Et je sais votre nom...

» - Vous vous trompez, Monsieur !...

» - On vous nomme Mignon !

» - Je m'appelle Clara !...

» - Mignon... Clara... ma chère
» C'est tout un. - O Clara ! ne soyez pas sévère
» Et permettez à Marc, par vos attraits charmé,
» D'espérer le bonheur de vous, bel ange aimé ! -
» Si vous m'aimiez, Clara, nous irions le dimanche
» Effeuiller dans les bois la marguerite blanche
» Et cueillir des bleuets reflétés par les cieux...

» Ah ! vraiment ? - Et ce rêve étrange et gracieux
» Nous le ferions tous deux, seuls ! - Ah !...

» Quel plus beau rêve
» O Clara ! que de voir la Lune qui se lève
» Dans les arbres feuillus ; d'être deux ; de penser
» Et de glisser son âme en un brûlant baiser ? -
» Les désirs des amants, quelle pure esthétique ! -

» Eh ! Vous avez, Monsieur, une âme poétique...
» C'est d'un rêveur charmant...

» Cela vous déplaît-il ?

» - Je n'ai pas dit cela ! - Mais, pourtant, faudrait-il
» Que nous nous connaissions, Monsieur Marc, davantage :
» Les hommes sont légers et changeants à votre âge ;
» Ils nous parlent d'amour pour nous déshonorer ! -

» Vous pensez mal de qui vit pour vous adorer ! -
» Je ne suis pas léger ni changeant ! - Puis un traître
» Me ressemble-t-il ? - Sous un meilleur jour, peut-être,
» Je vous apparaîtrai bientôt. - Permettez-moi

» De grandir en mon cœur les douceurs de l'émoi
» Que j'éprouve aujourd'hui !...

» - Non pas, ce n'est qu'un rêve

» Et vous avez rêvé ! -

» - Non ! - Je vous suis sans trève
» Et désespérément au risque, sur mes pas,
» De trouver un rival...

» - Oh ! vous ne ferez pas

» Cela !...

» - Promettez-moi...

» - Je ne puis vous promettre

» Rien !...

» - Pourquoi ?...

» - Voulez-vous aussi me compromettre

» - Non !...

» - Laissez-moi partir, alors ?...

» - Avec l'espoir -

» - De vous revoir ?

» - Venez m'attendre demain soir ! -

II

PROJETS

II

PROJETS

Au Docteur Bonnette,
Médecin-Major.

A Georges Scalbert.

Un mois est écoulé. -

Ma Clara, ma Mignonne
A confiance en moi. - Le soir elle abandonne
Nonchalamment son bras; - mais, pour apprivoiser
Ma colombe, il ne faut pas lui prendre un baiser
Et si, contrevenant à ses désirs, je l'ose
Elle s'émeut : sa joue à l'instant même rose
Pâlit, Elle me dit : - " Marc, c'est mal et j'ai peur
Que malgré vos serments, vous soyez un trompeur « -
Souvent j'ai proposé de sortir en voiture
Elle n'a point voulu ! - L'aimante créature

Croit que l'homme est de marbre et qu'il ne peut rêver
Aux charmes qu'un amour vierge fait éprouver ! -
Elle ne comprend point qu'une ivresse charnelle
S'allume en notre cœur aux feux d'une prunelle
Langoureuse. - Elle croit avoir pris pour amant
Un naïf qui sera son ami seulement. -
Soit ! - Loin d'être troublé d'une telle pensée
Je la confirme ; mais, l'illusion passée
Quand elle comprendra les secrets de l'amour,
Si le rêve grandit les sens auront leur tour ! -
Elle n'a point aimé d'autre homme ! - " me dit elle " !!...
Mon Dieu ! si je savais que Clara fût pucelle
Qu'elle ait, jusqu'à ce jour, vécu sans rien céder
L'hymen ne m'effrairait point pour la posséder !...
Mais... qui dit " *femme* " dit : " *mensonge et perfidie* " :
Bien d'autres ont joué la même comédie
Et devant un regard langoureux et câlin
On a vu trébucher l'amant le plus malin !...
Aussi, je n'ai jamais parlé de mariage :
Ce n'est pas de mon goût et c'est peu de mon âge

Mais, si ma jeune amie a sa virginité,
Je serai son amant toute l'Éternité ! -

Hier, j'allais la quitter :

» - Que ferons-nous dimanche ?
Lui demandai-je ému. - " La marguerite blanche
» Rayonne dans les prés, irons-nous la cueillir ?

Clara me regarda : je la vis tressaillir ;
Vers ses seins frémissants elle inclina la tête
Et répondit :

» - Aller avec vous, cher poëte,
Dans les bois ce serait mon désir le plus doux ;
Mais, le monde est méchant hypocrite... jaloux...

Que t'importe, Clara, la calomnie immonde
Je t'aime sans le monde et ne vois d'autre monde
Que tes yeux de velours rayonnants de langueur

— Pourquoi cette pâleur ?

— Moi ?

— Toi ! Cette rigueur...?

Un sourire câlin glissa sur son visage :

— Marc, me promettez-vous d'être sage ?

— Bien sage !

— De ne point me fâcher ?

— Y songez-vous, Clara !...

— Alors, Monsieur, c'est dit : - Dans les bois on ira
Dimanche. - Mais sachez qu'à la moindre parole
Au moindre mot d'amour déplaisant ou frivole
Je vous quitte et, jamais, vous ne me verrez plus !

— Clara, vous me rendez grand parmi les élus !...
Et, depuis un instant, je ne suis plus le même

Car je vois que ton cœur entier, tout entier, m'aime !...

— Vous en avez douté ? Se peut-il ? - Quel enfant !...
Au revoir ! -

— A demain ! - lui dis-je triomphant ! -

III

EN CHEMIN DE FER

III

EN CHEMIN DE FER

Aux Docteurs Roqueplo,
Boucabeille, Damond,
et Joly, médecins-majors.

“ *Messieurs les voyageurs pour Saint-Cloud, en voiture* ”

» - Cette fois, c’en est fait : ” j’aurai mon aventure.

- ” Clara, passez devant : pressez-vous, s’il vous plaît ! - ”
Une marche..., une encor : le ravissant mollet
Que vient de découvrir la petite friponne ! -

Drelin ! Drelin ! Drelin ! (C’est la cloche qui sonne
Le départ. - Le train marche. - Ah ! quel heureux amant

Seul avec sa maîtresse en un compartiment)

— Mignonne, vous ouvrez maintenant la fenêtre
Pourquoi ?

— Mais pour que l'air suave nous pénètre...

— Et vous ne craignez pas la noirceur du charbon ?

— Assurément non, Marc. - Mais vous êtes trop bon
De vous inquiéter de moi...

— Chère mignonne
Approchez-vous un peu...

— Pourquoi ?

— Que je vous donne
Ces violettes, ces roses et ces muguets...

— Merci. - Marc, finissez ! - Le monde est aux aguets
Et ne me prenez pas dans vos bras, par la taille !...

— Avez-vous peur, Clara, que le wagon déraille ?

-- Non, mais vous devenez trop vif et trop pressant
Allons, Marc, mon ami, soyez obéissant !

— Soit, Clara, mais je veux vous baiser sur la joue !...

— Un seul baiser, bien vrai ?

— Mais oui. - Tu fais la moue
Clara ?

— Vous me serrez, Monsieur, à m'écraser
Et je viens de compter le sixième baiser
Cela n'est pas mignon !...

— C'est signe que je t'aime !...

— Monsieur, tout en aimant, l'on est sage quand même
Un baiser ? passe encor !... mais six baisers, ma foi !...

— Cela ne vous plaît point, Clara ?

— Non !

— Rends-les moi !...

— Il en rit, le sans-cœur !...

— Chère âme ! Chère idole !...
Approche-toi ?...

— Jamais !...

— Si ! - Mets sur mon épaule
Ta mignarde frimousse et viens lire en mes yeux
Que ta langueur m'enivre et me conduit aux cieux !...

— Sommes-nous en ballon ?...

— Ah ! le monstre me raille !...
Attends !...

— Dieux ! quel supplice !... Encor toujours ma taille !...
Finis donc, Marc !...

— Voyons, sois aimable, Clara !...
Etant plus près de toi, mon cœur te parlera...

— Et que me dira-t-il ?

— Que ton amant t'adore
Qu'il veut, à tes genoux...

— Vous me serrez encore !...
Cette fois, c'en est trop ! - Ah ! fi, cet air câlin
Ne vous sied pas ! Allez, horreur ! Allez, vilain !...
Ouh !... Soyez sérieux, grave comme...

— Un prophète ?

— Oui. - Je vous aime mieux et vais mettre ma tête
Sur ton épaule : c'est ainsi que tu me veux ?

— Oui, mon trésor ! mon ange !... Enlaçons-nous tous deux :
Les bras d'un jeune amant c'est la meilleure couche
D'une vierge ! - Quels feux me brûlent quand je touche
Ta main... et quels transports font palpiter mon cœur. -

Clara, je t'appartiens ! - Un instant de bonheur
Dans tes bras adorés ensoleille ma vie ! -
Mon être tout entier suit mon âme ravie !...
Écoute mes désirs et ma bouillante ardeur
En un rêve idéal effleurons ta candeur !...
    Ah !... ne retire pas pudiquement ta lèvre :
Son contact languissant met tout mon corps en fièvre !...
Ne te dégages point de mes enlacements
Car ils engendreront de tels frémissements
Qu'un dieu de ce bonheur serait jaloux lui-même !...
Dans tes yeux pleins d'éclairs cette ivresse que j'aime.
Rayonne et m'éblouit - ... Ton cœur bat éperdu !...
Ah ! laisse-moi cueillir ce beau fruit défendu
Ce sein diaphane où naît un bouton de rose :
Ne me repousse point : si ma lèvre se pose
Sur la naissante fleur un capiteux émoi
Animera tes sens du feu qui règne en moi !...
A quoi bon m'opposer, Clara, ta résistance ?
Quoi ! tu dédaignerais la mâle jouissance
L'étreinte d'un amant jeune, ardent, vigoureux
Qui doit pâmer ton corps dans des plaisirs nombreux !...
Tu n'as donc point d'amour pour moi ?
- " Grâce ! Je t'aime ! -

» Marc!... Marc!.... Je t'appartiens! -

En ce moment suprême,
Alors que l'Univers allait être éclipsé,
Le conducteur du train devant-nous est passé :
L'assassin sans pitié criait d'une voix dure :

“ *Saint-Cloud! Les Voyageurs descendent de voiture!* -“

IV

LE SOUPER

IV

LE SOUPER

— " Descendons vers les bois : - nous irons nous asseoir
" Sur l'herbe ! " - M'avait dit Clara. -

Quand vint le soir,

Les oiseaux avaient pris leurs ébats dans la mousse
Et commis, sous nos yeux, la faute la plus douce !...
Moi je m'étais assis rêveur à ses genoux,
J'avais baisé ses doitgs ! - Rien de plus entre nous
Ne s'était accompli. -

Mais, lorsque le jour baisse,

J'entraîne tout ému mon aimante maîtresse
Elle me prend le bras : c'est l'heure du repas
Et nous allons aller dîner à quelques pas. -

- Cette maison - lui dis-je - est de ma connaissance...

- Comme vous vous plaisez, ô Marc ! à la dépense :
Sur l'herbe on dînerait plus gaîment,... aussi bien !...

- Chut ! Vilain monstre !... Allons !... Vous n'y comprenez rien. -
Venez ! -

Nous arrivons devant l'hôtellerie.
Un étage à monter, puis une galerie
A traverser. - Survient aussitôt le garçon :
Il nous voit gais : certain de notre sans façon
Il l'escompte et nous dit : - « *Une chambre isolée...*
Un souper froid : C'est tout ! » - Il part d'une volée
Vers le maître d'hôtel, revient la carte en main
Et, du nid des amours, nous montre le chemin ! -

C'est un petit salon moderne, confortable

Tendu de velours clair : deux chaises, une table,
La cheminée à droite, à gauche un grand divan
Doux en ressorts à rendre amoureux un savant. -
Le couvert est dressé : les plats et les assiettes
Retracent de Vénus les faciles conquêtes
Et des enlacements diaphanes, à jour
Faits pour prédisposer des vieillards à l'amour. -
Dans un vase on a mis les fleurs que Mignonne aime :
Rose aux tons de carmin, rose rosée et blême
Pâles myosotis et fleur qui fait songer
Aux plaisirs des époux : des boutons d'oranger. -

J'ai fait signe au garçon, d'un geste bref, qu'il sorte
Et, sans faire de bruit, m'approchant de la porte
J'ai tiré le verrou. - Clara m'a regardé,
Ensuite, elle a rougi ; puis elle a demandé
Pourquoi je le poussais ?

- Chère Clara - lui dis-je -
Nous craignons d'être vus : cette crainte m'oblige
A des précautions : le garçon peut passer
Et même me surprendre en train de t'embrasser.

Elle n'a pas paru tout d'abord satisfaite. -
Nos regards se croisant, elle a baissé la tête
Et j'ai senti son cœur battre fiévreusement. -
Quand la Vierge se voit seule avec son amant
Pour la première fois, malgré sa hardiesse
Un trouble inconscient la dévore sans cesse
Et quoique son cœur soit d'ivresse transporté
Elle appréhende encor pour sa Virginité
Aussi, je m'enivrais de cette grâce émue
Comme si ma maîtresse eût été toute nue
Et qu'elle m'eût offert l'amphore aux lèvres d'or ! -
Je voulais la garder Vierge longtemps encor...
Vierge jusqu'à l'instant où de longs baisers, blême
Elle succomberait lentement d'elle-même ! -

- Clara - dis-je - songeons, maintenant, au repas. -
Asseyez-vous ici : surtout, ne boudez pas
Devant notre souper. - L'air vif de la campagne
Donne de l'appétit : goûtez de ce Champagne

- Cela va m'étourdir...

- Non ma chère Clara

Vous êtes un peu triste, il vous réjouira ! -

— Moi je suis triste, Marc, vous trouvez ?

— Oui, mon ange !

Bannissez ces chagrins !...

— Je n'en ai point : je mange

Mieux que les autres jours et, de plus, je bois bien

Vous, vous dînez fort mal et vous ne buvez rien !...

Pourquoi ?

— Je n'ai pas faim !...

— N'emplissez plus mon verre

Voulez-vous me griser ? Et puis cet air sévère

Vous va, ma foi, très mal ! - Prenez de ce poulet...

— Non ! -

— Pour me plaire ?

— Soit, puisque cela vous plaît

Mais, c'est mon dernier plat...

— Vous mangerez encore

Une aile de perdreau...

— Le perdreau ?... je l'abhorre !...

— Monsieur le délicat!... Tant pis, je vous en sers ! -
N'est-ce pas qu'il est bon?

— Oui ! -

— Passons aux desserts :
Des fraises...

— Gardez-les : moi jamais je n'y touche :
Cela me donne froid!...

— Menteur! Ouvrez la bouche
Et ne raisonnez plus devant ma volonté !

— On ne refuse rien des mains de la Beauté!

— Ah! bien, nous y voici...

— Si tu tenais la Pomme
Pour y mordre Vénus se changerait en homme!

— Monstre!

— Ange aux cheveux d'or, ton œil adamantin
De ses rayonnements perdrait le genre humain!

— Il me raille à présent : c'est joli, malhonnête!...
Il se lève... Pourquoi ?

— Pour tirer la sonnette...

— Pourquoi ?

— Que le garçon nous verse le nectar...

— Le nectar?

— Le café

Non, Marc, il est trop tard!
... Vous poussez le verrou? - Mais quelle idée étrange?...

— Est-il pas plus charmant d'être bien seuls, mon ange?

— Vous êtes tremblant, Marc, et pâle!... Qu'avez-vous?

— O Clara! Laisse-moi t'aimer à deux genoux!...

— Oh! vous m'épouvantez!...

- Que crains-tu, bien aimée!
Ce bonheur si parfait t'aurait-il alarmé?
Laisse mon âme errer dans l'éclair de tes yeux
Et mes sens savourer ce charme précieux.
Qui naît en t'approchant : - Dis-moi que ta pensée
Est à moi, toute à moi, rêveuse fiancée;

Dis-moi que tes soupirs, ton enivrante ardeur
Pour la première fois agitent ta candeur ! -

. . . .

Clara, je vous connais depuis deux mois à peine
Mais, loin de vous chérir d'une affection vaine
D'un caprice léger, bien haut je peux jurer
Que je nais à l'amour pour toi... pour t'adorer !...

. . . .

Ah ! si vous connaissiez entièrement ma vie
La froideur du Passé... que vous seriez ravie :
Car seule vous avez conquis le don puissant
D'allumer des désirs en mon être innocent !
Oui, je suis, comme toi, Vierge de corps et d'âme !
Ce qui trouble mes sens, c'est la première flamme
C'est la vie... et la vie est toute dans l'amour
Puisqu'il charme, sourit ou meurtrit tour-à-tour !...
O Clara ! C'est le rêve ou chante l'allégresse ! -
Unissons nos deux cœurs dans une même ivresse :
Viens ! C'est le rêve d'or ! - Ne me repousse pas
Je t'adore Clara !

— Marc, Marc ! parlez plus bas !...

Je tremble!... Ah! laissez-moi! - S'il venait...

— Non, personne

Ne peut entrer! - Je veux que ton âme frissonne
Que ton corps adorable au contact enchanté
S'approche de ma chair et que la volupté

— O Marc!... Non... laissez-moi!

— Clara!

Je suis tremblante,

Aimé, sois généreux! - Quelle flamme brûlante
Me consume!...

— Clara! mon âme, mon amour!

Demande-moi plutôt la vie en un tel jour
Que de ne pas laisser ma lèvre sur la tienne
Je veux que tout ton être adoré m'appartienne!.,.

— Au nom de notre amour!....

— Clara!...

— Arrêtez-vous!

Ah! c'est le déshonneur!...

— Non, viens sur mes genoux :

C'est l'amour!...

— C'est la honte ! -

— Oh ! l'ineffable ivresse,

— La honte se verra sur mon front !

— O maîtresse !...

Irais-tu d'un tel mot profaner ce lien !...

Que vais-je devenir ?

— N'est-tu pas mon seul bien ?

— Vous me repousserez car je vous ferai honte !...

— Je te respecterai : tu ne dois aucun compte
De l'amour, fût-ce à Dieu !...

— Marc !...

— Quelle volupté

Et quel bonheur parfait ! -

Nul bruit ! - L'obscurité. -
Des soupirs, des baisers ! -
Clara nerveuse, pâle
Résiste. - Un pur parfum de tout son corps s'exhale ! -
Sa main serre ma main ; ses pleurs coulent à flots
Et sa lèvre est en feu. - Pareils à des sanglots
Bruissent ses soupirs ! - Grisé, brûlant de fièvre
Son cœur est sur le mien ; sa lèvre est sur ma lèvre !...
L'ardeur incessamment grandit la passion
Clara frémit sous une étrange émotion :
D'un amonr partagé quel plus certain présage !

. . . .

Ma main légèrement glisse sur son corsage
Et s'agite en voulant accomplir ses desseins !...

. . . .

Le corset enlevé je sens frémir deux seins
Marmoréens, leurs bouts pointent sur la chemise ;
Un parfum vaporeux et virginal me grise ;
Sous nos ardents baisers l'ivresse s'accroissant
Nous agite et produit un bonheur incessant !

. . . .

Le corset disparu, les beaux seins que je touche :
Ils gonflent sous ma main leur pointe est dans ma bouche

Et ce léger bouton de rose roidissant
L'agite et mon ardeur circule dans son sang ! -
Son corps, en s'affaissant, a fait craquer la chaise :
Son bras serre mon cou ; sa lèvre me le baise
Elle est passionné et, malgré sa candeur,
Délirante elle veut éprouver mon ardeur ! -

. . . .

Je laisse sur son sein ma lèvre, - Ma main glisse
Sur ces contours soyeux : elle frôle sa cuisse. -
Clara résiste-t-elle ? - Elle n'y songe pas ! -
Ma main touche son pied d'enfant, touche son bas
A jour... elle caresse une jambe divine...
Mon cœur, en bondissant, soulève ma poitrine
Nos soufles sont de feu ! - Que cette ascension
Émeut ! Qui contiendrait pareille passion ?...
Je baise avec transport la mignonne charmante. -
Ivresse ! - J'ai senti la chair de mon amante
Une cuisse arrondie au délicat contour
Que ma main frôlera en palpitant d'amour !.

. . . .

Mes doigts glissent toujours en tremblant et j'arrive
Vers la fleur des amants, brûlante sensitive

Clara languit, soupire et va s'évanouir
Quand la rose d'amour semble s'épanouir!...

- O Marc! mon bien-aimé! Quel bonheur! = me dit-elle =

Bonheur inespéré!... ma maîtresse est pucelle! -

Viens! - Ne différons plus les suaves transports!
Mon ange ! Ma Clara! Viens, sentir sur mon corps
Ton être palpiter d'amour ; sous mon étreinte,
Viens frémir de bonheur! - Abandonne sans crainte
Cette rose aux contours soyeux et veloutés
Où le désir s'accroît au sein des voluptés ! -
Abandonne ton âme à l'amant qui t'adore :
Après tant de soupirs, l'ivresse doit éclore
Et cette passion que je lis en tes yeux,
Va grandir les plaisirs et nous conduire aux cieux!...

- Je suis folle de toi, mon amant

- Ma maîtresse
Mon unique trésor !

- Ah ! ton ardeur me blesse ! -
Ah ! Je souffre ! Mon Dieu ! Marc, Marc ! Mais c'est la mort...

- Non, Clara !... Ne crains rien : c'est le dernier effort !...

- Oh ! Oui, c'est le bonheur !...

- Chaste et douce colombe,
Tressaille dans mes bras, le frêle obstacle tombe !

- Est-il rien d'aussi doux !

- Ma force va céder !...
Je ne me contiens plus et vais te posséder !

- Dieux ! quel rêve enivrant ! Qu'il est pur ! Quelle flamme
Excite tous mes sens et me dévore l'âme
Ah ! Quel ravissement : tout me fait tressaillir
Bien-aimé !...

- Ma Clara ! Va ! Tu vas défaillir !...
Étreins-moi dans tes bras de toute la puissance
Pour accroître en langueur l'exquise jouissance !

- Ah ! Marc ! Mon adoré ! Mon âme ! Mon amant !
Mon Dieu que je voudrais mourir en ce moment ?...
Ah ! reste encore ainsi, quelle ivresse céleste
Bien Aimé !...

- Tu le veux !

- Oui reste !...

- Ange je reste !...

- Jusqu'à la mort je suis toute à toi, mon époux
Je vivrai pour toi seul !...

- Je ne vis que pour vous !...

- O mon unique amour !

- Ma première maîtresse !...

Rien au monde ne vaut une seule caresse
Un baiser, un regard de toi....

- Rien ne saurait
Se rapprocher jamais de ce charme secret....
Tu m'aimeras toujours ?

- Toujours ? -

Amour troublante,
J'ai possédé trois fois ma douce et vierge amante ;
J'ai bu tous les soupirs exhalés par son cœur
Et l'ai rendue heureuse... et suis sorti vainqueur ! -

V

RÉFLEXIONS

V

RÉFLEXIONS

A L. THOUVENIN, lieutenant
au 152e d'infanterie.
Aux Docteurs AUGIER et DELLAC.

Trois heures de repos. -

Clara s'est éveillée :
Ses beaux yeux sont cerclés, sa joue ensoleillée !
Son cœur empli d'amour bat toujours frémissant ! -

D'abord, elle me baise au front ; mais, rougissant
De se voir dans mes bras, elle courbe la tête
Et précipitamment, répare sa toilette ! -
Je sonne le garçon et nous partons sans bruit ! -

L'horloge de l'hôtel marque à peine minuit. -

Sur le pont de Saint-Cloud s'engage un fiacre vide :
Je le hêle ; - Clara monte. - D'un train rapide
L'automédon démarre et roule vers Paris. -

Une heure du matin. - J'aperçois son logis,
Nous quittons le cocher. -

Près de rentrer chez elle
Je lui dis :

- Tristement je vais vivre, ma belle
Loin de vous... et voudrais emporter cet espoir
De vous voir en tout temps... chaque jour, chaque soir ! -
Nous nous appartenons, désormais, pour la vie
Vous connaissez mon cœur ! - Donc, la mélancolie
Ne doit pas assombrir ton visage parfait -
A demain, mon trésor !

C'est mal ce que j'ai fait
N'est-ce pas, Marc ? - Mon Dieu ! quelle étrange soirée
Je t'adore... et pourtant, je suis déshonorée !...

Quelle cruelle erreur, ô Clara ! Le bonheur.

Né de l'amour ne peut causer le déshonneur!...
Parce que vous aimez un amant de votre âge,
Votre cœur n'en est pas moins pur : le mariage
Contracté par calcul ou vaine passion
Est seul le déshonneur, la prostitution! -
Nos innocents transports rendent pur l'amour même :
Aimez-moi, bien-aimée, autant que je vous aime
Et laissez s'écouler sans crainte quelques jours
Alors, je publîrai hautement nos amours! -

— Au revoir, mon amant!...

— A demain, bien-aimée!...

— Donne encore un baiser! Oui, va! je suis calmée : -
Je t'aimerai toujours et n'aimerai que toi ! -
— A demain! -

Je suis seul et triste ! - Tout en moi
Est changé! - Que le monde, ô mon Dieu semble étrange
Quand nous avons quitté notre amante, un bon ange! -
Qui viendra, cette nuit, me parler d'elle, hélas!...
Je t'appelle Clara!... Tu ne me réponds pas!...
Triste nuit! Mon esprit au froid néant se borne!...

7.

Je pleure!... Moi, je pleure? Oh! que ma chambre est morne
Oh! que ce lit est grand : je crains d'y trépasser!...
Viens, mon amante, viens!... Viens, je veux t'embrasser!
Rien!... Pas même un baiser, pas même une caresse :
Cette femme est à moi, pourtant! - C'est ma maîtresse! -
Je l'aime et nous avons devant nous l'Avenir
Étoilé, radieux!... Oh! s'il allait finir
Si le remords poussait cette âme au suicide?
Va-t'en! Sombre penser qui rends mon cœur livide!
Quel remords? Par l'Enfer! celui d'avoir donné
Ce que jette en riant un amant fortuné?
Sottes mœurs! sottes gens! Mais, qu'est-ce que nous sommes
Pour proclamer l'honneur le déshonneur, nous, hommes?...
Une femme nous livre un jour sa chasteté :
L'honneur devant l'amour a donc périclité? -
Je n'aurais pas le droit de dire à mon amie
Vous êtes pure et j'ai celui de bigamie!...
Ma maîtresse, en m'aimant, ne peut avoir le droit
D'avouer son amour sans qu'on la montre au doigt?...

Oh! non, point de remords! point de mélancolie!...
Mon amante vivra!...

Quelle sourde ironie!...

Quelle dérision !... quels coups sombres du sort?...
Me soufflent ce vertige affreux comme la mort :

» Dure-t-il le bonheur qu'une âme vive fonde ?
» Ta maîtresse? - Allons donc ! Elle peut dans le monde
» Rencontrer un autre homme et, lui donnant sa foi
» Faire pour cet amant ce qu'elle a fait pour toi ! »

O malédiction !... qu'elle se prostitue
Elle, ma bien-aimée, ô penser qui me tue !...
Clara violerait sans pudeur son serment
Briserait notre amour. — Prendrait un autre amant !
Va ! sombre désespoir! j'ai bu jusqu'à la lie
Ton breuvage de fiel : en proie à la folie
Je cherche maintenant à me désabuser. -
Qui pourrait t'éclipser, ô torpeur? Un baiser !
Un regard langoureux ! Une aimante caresse
Un instant dans les bras de ma belle maîtresse ! -
Clara, chère Clara ! - Viens, mon amante, viens !...
Je n'adore que toi, cher ange et me souviens
De ces tressaillements qui t'emplissaient tant l'âme !...
Toi, me trahir? — Jamais ! — Non, tu n'es pas infâme :
Tu ne briserais pas cruellement mon cœur ! —

Tout est parfait en toi, chaste enfant sans rigueur!...
La honte se lirait sur ta face rougie
Si tu me trahissais! — Par une nuit d'orgie
Tu prendrais un amant, toi?... Toi!... Cet assassin
Ce voleur, ce larron caresserait ton sein!...
Il oserait lever le voile qui dérobe
Ton corps marmoréen!... Il froisserait ta robe
Et tous deux, agités par les mêmes transports,
Vous uniriez vos cœurs sous l'élan de vos corps! —
Il te détournerait, de mon idolâtrie?
Et par moi possédée, et par l'autre flétrie
Avilissant ton cœur fier de sa passion
Tu vivrais de mépris, de prostitution? —
Ce crime se verrait et je devrais me taire.
N'ayant aucun pouvoir sur l'amante adultère
Les justes châtiments que la Loi peut offrir
Ne m'appartiendraient point et je devrais souffrir?...

Oh! mille morts plutôt que toi, sombre pensée! —
Mon amante à le cœur pur d'une fiancée.
C'est l'âme de mon âme et le sang de mon sang
Et je conserverai cet amour frémissant!

VI

SURSUM CORDA !

A Mesdemoiselles Marie HELLMANN, Jeanne DELISLE
Au Poète Eugène de TANOUARN.
A Emile BLIN, Chef de Musique de l'Ecole d'Artillerie
de Besançon

Sombre Nuit, disparais ! — Toi, radieuse Aurore,
Inonde le chevet de l'Ange que j'adore
Mais glisse promptement et fais briller un Jour
Nimbé d'Or et d'Espoir et rayonnant d'Amour ! —
Quoi ! ne verrai-je pas bientôt cette soirée
(Car elle reviendra ce soir mon adorée !...)
Soirée où le bonheur si pur doit nous unir
Où Clara connaîtra mes projets d'avenir !....
Mais ! N'ai-je pas rêvé ? — Non ? — On frappe à ma porte
Qui peut venir ? — Espoir charmant qui me transporte
Oh ! ne me trompe point ! —
Bonheur inespéré.
Quelle joie, ô mon cœur ! c'est bien l'ange adoré !...
Ma Clara ! Mon amour ! Mon adorable amante ! —
Viens, Ah ! viens dans mes bras ! - Ton haleine est brûlante
Quels soupirs ! — qu'as-tu donc ! Viens, là, sur mes genoux

— Marc, ô mon Bien-Aimé ! - j'ai souffert loin de vous :
Me séparer de toi me rendait l'âme amère...
Mais j'étais bien troublée en délaissant ma mère !...
Elle m'a demandé pourquoi je rentrais tard :
— Craintive, ne pouvant supporter son regard
Si notre affection excusait ma conduite
Ma faute m'a paru grande : j'ai pris la fuite !...
Plains-moi, mon bien-aimé ! que vais-je devenir ?

— Que crains-tu donc, Clara ? - Tu doutes ? L'Avenir
Est empli d'un bonheur qui s'accroîtra sans cesse
Mais consulte ton cœur et fais-moi la promesse
Jusqu'à la mort de me garder toujours ta foi
Et de n'aimer que moi !...

Mais je n'aime que toi !...
J'ignorais le bonheur avant de te connaître !...
Et comment oublier l'aimé qui m'a fait naître
Aux purs enchantements, à la suavité
Aux charmes dont mon cœur brûlant est transporté !
Te trahir, toi si noble et bon ? Quelle infamie !
Pourquoi dis-tu cela ?

— Pourquoi ? — Ma douce amie

Mais pour que cet amour qui doit être éternel ! -
Repose à nos yeux sur un serment solennel ! -
Maintenant, Bien-Aimée, allons voir votre mère !

— Allons! Moi? Vous ?

— Oui !

Marc, quelle idée éphémère
Et c'est de la folie ! - Ainsi, brutalement,
Vous lui diriez : « Voici ta fille et son amant ! —

— Non, Clara !...

» — D'où vous vient, ô Marc ! cette pensée
Et que lui direz-vous?

Voici ma fiancée
L'ange qui, du Bonheur, m'a montré le chemin :
Soyez aussi ma mère : accordez-moi sa main !

— Marc, vous feriez cela ?...

— Oui !

— C'est une ironie !...

—C'est juste simplement !...

Quelle ivresse infinie

Non ! Sur terre il n'est point d'être aussi bon que vous
O Marc ! Et je voudrais mourir à tes genoux !...

— Il faut vivre Clara ! - Ma douce fiancée
C'est à ta chasteté que tu dois ma pensée
Et si dans notre amour je fonde mon bonheur
C'est qu'il est resté pur et qu'il me fait honneur ! -
Ne m'as-tu pas donné ce qu'une vierge donne ?
Tout ton être parfait ? - J'ai brisé ta couronne...
Mais ton cœur garde encor ce riche talisman
Qui doit faire un heureux mari d'un jeune amant !

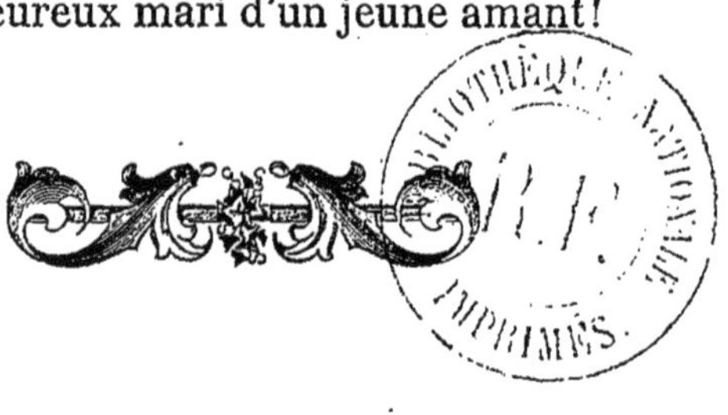

TABLE :

IMPRIMERIE
COLLET ET MÉTIVET
7, Rue Saint-Laurent, 7

SOUS PRESSE

Le Livre du Souvenir, Poème .... 5 »

Les Sanglots, Poésies, un volume 3 50

Pour Tuer le Temps, Nouvelles........... 3 50

EN PRÉPARATION

SIX SEMAINES A LISBONNE ET A MADRID (Janvier-Février 1894), un fort volume 450 pages, Edition de luxe, Librairie Chamuel......... 10 »

THÉATRE

Le monde où l'on s'observe, cinq actes en prose.

L'Infanterie de Marine, Poème par Mme Léonie de Brugnières, Edition du *Monde Parisien*, prix.............................. 2 50

E. MÉTIVET, 7, Rue Saint-Laurent — Paris

www.ingramcontent.com/pod-product-compliance
Ingram Content Group UK Ltd.
Pitfield, Milton Keynes, MK11 3LW, UK
UKHW022127260726
13993UKWH00003B/1281

9 782019 705053